더 깊이 볼 수 있어 다행이야

反詩시인선 014

# 더 깊이 볼 수 있어 다행이야

전영귀 시집

시와반시

|차 례|

| 1부 |

별빛 편지


그곳에 가면
하늘 마을에 닿는 우체통 있다던가

별동네서 발신한 은밀한 글들이
반짝반짝 설렘으로 배낭에 가득하다

해발 1124 미터 시루봉 오르자
노란장대 할미밀망 방울새란 산제비란

능선 가득 처음 마주친 꽃빛들
아찔한 천상낙원이다

절실한 이에게만 눈 맞춘다는 천체 망원경
그 큰 눈동자 밤 편지 펼쳐본다

캄캄한 밤하늘엔
별빛이 뿌려놓은 행복이야기 수두룩한데

어디에서 인간들은 길을 잃은 걸까
수십억 년 희뿌연 사연에 오금 저린다

지구를 숨 쉬게 하라는 깨알 같은 글귀
부적처럼 안고 온, 보현산 별빛 편지

바늘꽃


−내사마 바늘 한 쌈만 있으모 소윔이 엄겠따

뾰족한 할매 말투 한 땀 한 땀 귓전 찌른다

−이러키 뚜꺼분 놈을 무신 수로 당하노

시오릿길 천창 장을 땀 뻘뻘 걸어서

묵 한 그릇 못 자시고 사 온 대바늘 두 개

고리땡 광목 소퉁에 찌든 군복 바지에

얄짤없이 부러져 패댕이 치는 말

−보들 야들 명주 속곳 언제 한번 꼬매보노

미안한 울 아배 할매 산소 옆에다

원 없이 쓰시라고 심어 놓은 바늘꽃

하늘하늘 하늘나라서 웃음꽃 만발이다

킬힐


간택의 눈길 애타게 기다려요

외출 서두르며 열어젖힌 신발장
형형색색 미끈한 뒤태들

키 작은 여왕을 받들기 위해
한결같이 치켜세운 까치발
갑가워라* 자주색 화靴와 눈 맞았네요

찰떡궁합에 또각또각
탭댄스 리듬 절로 타죠

위태함도 견뎌야 해요
뭉툭 옹이도 감수해야 해요

이순나이에도
공중곡예 버티는 까닭은 단지

하늘과 나 사이
미세한 계산법 때문이어요

* 은근히 기쁜 속마음

짖어야 산다
— 이랜드 사건에 부쳐

네 몸에 금이 갔다고
내 불안의 심장 뛴다고 짖어야 했다

허공을 내달리는 짜릿한 비명과
노철老鐵 사이,
너의 한 축이 무너지지 않았느냐

늙은 롤러코스터는 갈갈거리며
까르르 까르르 전율을 실어 나를 뿐
귀 닫힌 지 오래다

짖어라, 목청껏 짖어라 부러진 청춘아
무는 개를 돌보는 세상이다

개 취급할 땐
성난 개답게 짖어야 한다
단단한 이빨 허옇게 드러내고 으르렁 왈왈왈!

내 다리 내놔라 내 다리 내놔라 울부짖어라

내 성한 다리도 저려오는 밤이다

순장


감자 꽃 노랑부리 맥없이 자진하면
사양토 구들 속 개진감자 영근다
알알이 벙근 자식들 위협하는 갈퀴 손

벌벌 떠는 일가족 치마폭에 감싸 안고
죽어도 같이 죽고 살아도 같이 살자
옷고름 동아줄 삼아 줄줄이 순장이다

멧비둘기 피 울음 절절한 주산 구릉
지산리 가야왕릉 44호분 무덤가
찔레꽃 하얀 목덜미 눈물방울 맺힌다

으뜸 돌방 딸린 돌방 나라님 둘러 누워
먼 훗날 후손 위해 펼쳐놓은 앙가슴
길손도 높새바람도 숨결 죽여 머문다

더 깊이 볼 수 있어 다행이야


왜바람 홀로 버티어 서있었군요

ー식솔들 밥그릇 무던히도 찍던 발이 몹시 부었
네요
이참에 쉬어가요
ー목련꽃 숨죽일 때마다, 힘든 기억 하나 둘
떨구어 내는 것도 좋겠어요

입술을 감추니 눈동자가 말을 한다

우물에 잠긴 산 그림자처럼
서로의 수심愁心을 살피라고
보이지 않는 미물이 귀띔해 준다

안도 밖도 의미가 된다는 걸
단단한 벽에 갇혀서야 알게 된다

능소화, 하늘 꽃


"여보,
세상 밖으로 고개 내밀면 부끄러워 어떻게 해
요?"

해와 달 수백 년 돌고 돌아
귓불 붉힌 능소화

"검은 머리 셰도록 어여삐 살자시던 임, 자내 샹
해 날 다려 닐 오대 둘히 머리 셰도록 사다가 함께
죽쟈 하시더니 엇디하야 나를 두고 자내 몬져 가시
노"

바람 종이에 눈물 찍어 써 내려간
사백오십 년 만에 배달된 원이 엄마 편지

귀래정 담장 너머
수줍은 듯 보란 듯 빼곡히 펼쳐놓았다

혀


생사고락도 이 바닥에 놀아나지

브라우니처럼 달달할 땐 핑크빛
맵싸한 불청객 들이닥칠 땐 검붉게
자지러지는 미뢰味蕾

맛 봉오리 활짝 피워 귓전 누비면

팔랑 귀는 제풀에 날아오르고
꽉 잠긴 빗장일랑 귓불 스윽 훑으면
봄눈 녹 듯 암호를 풀지

가만 두나 봐라, 평생 너만 바라볼게

시퍼런 칼날을 휘두르는가 하면
생뚱한 비말을 분사하기도 하지

우물 안처럼 깊어서 능히 살펴야 해
세 치 길이 그 설움의 동굴

괴테형 왜 그래


괴테에게 물었단다
외딴섬에 가게 되면 무엇을 가져갈 것이냐고,
시와 아름다운 여인 최고의 와인

그중 두 가지만 고르라면?
아름다운 여인과 최고의 와인

둘 중 하나만 고르라면?
가져갈 수 있는 와인이 몇 년산인지 먼저
봐야겠단다

덧붙인 말 또한 절망이다
—맛없는 와인을 마시기엔 인생이 너무 짧다

문인들 펜대를 이렇게 흔들면 안 되지, 괴테형!

아끼고 아끼고 아껴둔

2014 산 샤또 오 브리옹 한잔으로
내 타는 입술부터 적시고 볼 일이다

봄날은 간다, 5절
　　── 고로나 블루에 반하여


나 홀로 취하는 고요한 만개
이 봄이 다 가더라

구름은 바람 없이 못 흐르고
인생은 사랑 없이 못산다더라

양털 구름 신방차려
분홍 웃음 흩날려도

스치는 그 눈길이 잔인도 하더라

# 打론

요리보고 조리 봐도 설레는
내 손안의 볼 빨간 당신

핫하게 때릴 테니 쿨하게 맞아줄래?

허심일타 장전하고 그대 앞에 서면
부지불식간 솟구치는 구타 협상

아뿔사!
욕심 일타에 삐걱거리는 왜소한 몸
잘 맞았네 못 맞았네 자자한 원성

무지막지 맞은 너보다
막무가내 구타球打한 내 목청 더 높아
고소공포 찢어진 고막에도 다소곳한
다홍빛 나의 ball이여

다타보신多打寶身 소타보심少打寶心
이래도 좋고 저래도 좋은 것을

비밀 한잔


쉿, 그 안에 제가 있어요

처진 어깨 노을 한 자락 얹어
내게로 와요, 여기는 비밀 요정

남정네 눈길 한번 받아본 적 없는
순결한 아가씨
금남의 집, 그 끔찍한 구속에서
농익은 몸이랍니다

그대를 위해 오늘만은
화끈하게 발효된 나를 내어드릴게요
짜릿짜릿 당신께 스며들게요

시들시들 지친 하루 생기 돋우고
메마른 가슴 폭포수처럼 흘러들

내 이름은 홉*

오늘 밤 은밀히
카스 한 잔 어때요?

* 삼과 식물로 암꽃 봉우리만 맥주 원료로 쓰며 수꽃이 날아들
지 못하게 비닐을 씌워 재배하기도 한다

염습


형광등 불빛도 예를 갖춘 공간
별똥별을 닦는 손놀림이 성스럽다

망자의 다음 생이 환해지기를, 삼
독三毒이 순해지기를,

밥을 찾기 위해 부릅떠야 했던 눈
이웃이 들락거리던 귀와 코, 입
이승의 문을 닫는 의식은 끝났다

"훠이훠이 깃털처럼 가벼이 가세요
이승은 이승대로 살기 마련
아흔 고개 저린 짐 다 내려 놓고
낯선 길 넘어질세라 조심조심 가세요"

정해년 동짓달 스무날
국화꽃 한 다발 앞세우고

자식도 따라갈 수 없는 내 아버지
마지막 길을 선뜻,
서릿바람만이 동행하겠다고 따라나선다

홑이불


빨래통 세탁물을 집어내려는데
홑이불 한 채, 갖은 잡동사니 말아 안고
안도의 숨 몰아쉬고 있다


덜덜거리는 진동과 수십 번의 물고문
사지를 쥐어짜는 듯한 고통 견뎌낸
가슴 열어젖히자


큰아들 구멍 난 양말과
개숫물에 찌든 맏딸 앞치마
늦둥이로 이쁨받던 남동생 기지 바지
위아래로 치여 징징거리던 내 교복이
요동의 굴레 헤쳐 나와 바들거렸다


흠뻑 젖은 자식들 감기들세라
서둘러 볕 바른 곳에 뉘었다

영 넘어 가신지 십여 년 지났건만
무시로 육남매 세간 기웃거리시는 어머니
오늘도 타임머신 타고 와
낡은 홑이불로 다녀가신다

자라목


목구멍이 포도청이라

한잔 술도 들이키지 못한,
노래 한 자락 구성지게 불러보지 못한 그것은

와이셔츠 첫 단추와
두 번째 단추 사이에 있다

타관살이 자수성가
방아깨비마냥 굽실거리길 수십여 년
예토록 스러진 각도, 골 또한 깊다

문지방 넘자 내려앉을지라도
나설 때만큼은
한껏 치켜세우고픈 그 곳

최고온도 장전하여

다리미로 으쓱으쓱 세우는 일은
나의 몫이라

| 2부 |

라텍스 베개


우리의 동침은 오래지 않았어

말레이시아 오지에서 내 침실로 흘러든
풋풋한 너의 향내가
생살 찢겨 흘린 하얀 눈물인 줄 몰랐지

너울대는 불면 다독여 주고
탁한 꿈 오라기 걸러 고운 잠결 내어준 널
무심코 버릴 때야 알았어
네 땟자국이 나의 온갖 잡념으로
얼룩졌다는 걸

입 큰 수거함에
헌신짝처럼 내던질 때
우지직,
고무나무 한 그루 부러지는 소릴 들었어

내 잠에 금이 가는 소리였어

스마트한 이별


오랜 꽃다방 셔터 내리고
새 창으로 디스플레이 했다

이곳저곳
보수공사도 대책 없어
폰값 똥값이라는 헐값에
그대를 팔아넘기고 돌아서는 길
시원섭섭함에 발걸음도 쭈볏거렸지

낯선 화면 더듬거리는 동안
귓전 울리는 익숙한 목소리

카톡! 카톡카톡!
잊을 수 있을까 지울 수 있을까

석삼년 내 작은 손 안에 놀아난
스마트한 그, 갤럭시 S8

꼬리


녀석은 천 개의 습성을 지녔다
길었다 짧았다
숨기거나 치거나 흔들거나
천방지축 오리무중이다
벼랑 끝 매달려 고물거리는 그것은
귀를 파먹고 심장을 파먹고
천지사방 잘도 생겨난다 생겨난다
쥐꼬리만 하게 나서서
북극여우꼬리 만큼 풍성해져 돌아오기도 한다
앉은 자리마다 숭덩숭덩
도마뱀처럼 잘라놓은 그것이
순한 양들을 할퀴진 않았는지
뜬소문의 먹이가 되진 않았는지
어수룩 저녁답에야 뒤돌아보는, 내 무성한
하루치 꼬리

무심無心

스치는 바람 한 자락
무심 법문하네요
그도 한땐
이승에 핀 연꽃 법당이겠지요

밤하늘 허공을 스치는
별똥 별 서넛
그도 한땐
육신 공양 성불한 부처이겠지요

유심인 듯 무심인 듯 마주 앉은
우리도 한땐
억겁의 인연으로 피었겠지요

## 野한 뒷간 이야기


한나절 묵혀둔 찌릿한 압박에, 낮도깨비 성성한 뿔 깜박 잊고 가림 숲에 풀썩 들었어

달항아리 홀러덩 드러내어 가둬 둔 물꼬 트니, 배틀걸음 개미 행렬 물길 속 노 저었지

가문 논에 물댄 듯 야릇한 쾌감, 후희後喜 추스르는 다홍빛 치맛자락에 좋아라 달라붙는 도깨비바늘, 흥분이란 꽃말 괜한 뜻 아니었어

볼 거 안 볼 거 다 본 사이라며 아랫도리 콕콕 찔러대고, 떼 낼수록 집요한 구애, 화끈거리는 내 얼굴

가랑이 사이로 뒤집혀 보이는 노을 엉덩이도, 벌겋게 달아오르고 있었어

측간

그 옛날 마당 너머 달빛 좋던 지붕 위로, 배꽃 피
어 흩날리네 환삼덩굴 수북 얽힌 고향 집 늙은 측
간, 근심을 풀기 위해 힘쓰던 도량에서 십 년 만에
돌아와, 거적때기 들치고 엉덩이 들이밀어 안부를
묻네 검버섯 얼룩진 슬레이트 지붕 아래, 똥줄 빠
지게 들락거렸던 여덟 식구 발자국들, 도둑고양이
살금살금 지워버리고, 토담은 허물어져 뼈대만 앙
상하네 아랫배 주렸던 밥상 내력 궁금해 까마득 내
려다보니, 출가의 햇수만큼 고스란한 나이테, 우담
바라 만발하여 곤밥*처럼 반겨주네

* 쌀밥의 제주 방언

그러니까, 모서리


모서리 모서리 모서리……
앵무새는 끊임없이 모서리의 불안을 흘리고

같은 말만 되풀이하는 가구점 점원 목소리
개울물처럼 졸졸거린다

이 모서리엔 무소뿔이 숨어있고
저 모서리 양가죽이 순하다며 귓전 간질여
유인하지만
무언가 향해 달려드는 것들은
각角이 있음을 익히 알지

값싼 직선의 편백나무 침대와
비싼 곡선 가죽 침대 모퉁이에서
갸웃대던 내 저울추
끝내 고가의 곡선에 드러눕고 말았다

그러니까 모서리들 억울해서
너도나도 뾰족한가 보아

한 입만


벌건 대낮 등 뒤에서 남의 떡 움켜잡고

한입만 베어 먹자 애걸복걸이네

옛다, 먹어봐라 언제 또 달랄 건가

야금야금, 두 시간여 폭식하고

남산만 해진 배 움켜잡고 꽁무니 감추네

양심은 살아있어 반쪽은 남겨둔 채

10년 후 다시 오마 날까지 받아놓고

뒤뚱뒤뚱 사라진 그 녀석은

이식이도 삼식이도 아닌, 부분일식部分日蝕이

아코디어니스트*


앞가슴에다 짐을 메고
깊은 주름 풀어내려 삼대 째 떠돈다는, 러시아
남자를 만났지

바흐의 '샤콘느' 펴고 접는 동안
장중의 구약성경 펼쳐들고
피아졸라 '나이트클럽' 연주에
노랑머리 댄서와 격정의 탱고를 추었지

마흔한 수직 건반 신들린 듯 오르내리며
닫았다 열었다,
온 가슴으로 연주하는 1인 오케스트라

알렉산더 쉐이킨*의 아코디언 연주 잦아들 때
내 오랜 등짐, 스르르 내려놓고 말았지


* 클래식 아코디어니스트

물방울 화가*


물방울만 그리는 그는


초승달 패인 눈물
북극곰 시린 콧물
어떻게 그려낼까


빛 스민 땀방울
으아리꽃 이슬방울
어떤 색 칠할까


울음도 사치라
삼켜야 하는 날


내 눈물방울
붓끝에 적셔

대롱대롱
그의 캔버스에

오래토록
맺혀있고 싶어

* 화가 김창렬

달뜬 미용실

물결 펌 아지랑이 고불거리면
까르르 들썩이는 대자연미용실

부스스 머릿결에 노랑 브릿지 산수유
속눈썹 연장술로 우아한 진달래,
살랑이는 바람결 휘파람 절로 불죠

히피 펌 루즈 펌 C컬 S컬
퍼머 약은 봄비 한 웅큼,
꽃바람 한 줄기면 중화제 충분하죠

덩달아 들뜬 텃밭 아씨들
저마다 지붕 개량 나섰네요

가을 들녘 내려앉은 서릿발에도
볶을까 물들일까 설레는 고민

서산 넘던 노을도 가던 길 멈추어
예뻐져라 예뻐져라 응원하네요

오케스트라


빛은 영혼의 연주
텅 빈 객석
침묵으로 기대어 앉으면

오색 프리즘,
몸 바뀐 음표

임 몹시 그리운 날
범어 성당 대성전 홀로 앉아
두 손 모아 보아라

스테인드글라스 빛의 연주
거룩한 영광
그분께 인도한다

## 젖 고개


　너만큼 새끼를 그리워하는 짐승은 없다고, 난산
의 고통으로 등 돌려 떠났던 길을 새끼가 찾아왔다
어미의 허리춤에 마두금* 달아놓자, 바람을 끌어들
여 저 홀로 켜는 연주, 고통으로 말라붙은 기억에
선율이 닿아, 찌르르 감도는 모성애로 젖을 물리는
쌍봉낙타 리반,

　철없는 엄마가 약으로 말려버린 가슴, 사막 낙타
도 마두금 소리에 젖줄 틔우는데, 넘지 못한 그 고
개 애간장 끓으며 산모인 양 주물러보는, 홀쭉한
빈 젖엔 후회만 하얗게 흘러든다


* 몽골 전통악기

두 별
— 딸 결혼식 초대 글


어느 머언 별에서 서성였던가 그대
나, 여기 있습니다

오래도록 기다린 만큼 우리,
사랑할 일만 남았습니다

전갈자리 양자리
광활한 우주 어드메 홀로이 두었다가
한 자리 묶으신 뜻 이제야 알겠습니다

그 울타리 빛나도록
나답게 너답게
우리답게 살겠습니다

새별

— 손주 꾸꾸에게


총총히 생기 돋듯
아장아장 봄길 걸어온 별이여

바알간 빗금
별뉘처럼 두 눈 들 제

콩닥콩닥 뛰는 가슴
두 손 얹어 잠재웠다오

해 뜨고 달 지고
이백하고도 팔십여 일

소우주 둘러싼 신비의 스토리

긴 여정 위대한 탄생
임의 돌보심이라

양자리 전갈자리
그 울타리 평온히 들어

물고기 귀한 자리여
세상의 빛으로 유영하시라

| 3부 |

어떤 年


연초부터 떠들썩
눈에 뵈지 않는 미물 들입다 몰고 와서

복수초 산수유 냉이꽃, 외로이 피고 지고
롯데리아 햄버거 자연산 도다리 회
장례식마저 스루스루 밀어붙이네

실라코 장미 하이선, 불청객 이름도 가지가지
여풍당당 센 언니들 백댄서 삼아서
지붕 위로 소 떼 들어 올리는 것도 모자라
개돼지까지 깡그리 휩쓸어 가네

아서라, 경자庚子야!

목숨 부지 사과 몇 알, 곡식 몇 톨
한가위 날 조상님 입이라도 다시게
이제라도 꼬리 내리고 순해져라 순해져

이년 저년 육십 년 봐왔건만
들도 보도 못한 이런 년은 첨이라

詩한폭탄


긴 병에 효자 없다지

시시콜콜

시도 때도 없이

시름시름

詩 앓이 칠여 년

이제
곪을 만큼 곪았으니
터뜨릴 때 됐잖아?

삐삐삐삐삐삐삐삐이――――――――콰광!

MRI 뇌 검사 중에
詩한폭탄 맞아본다

전설남과 하룻밤


그의 품에 안긴 건 운명이었다
태풍 고니가
비진도행 뱃머리를 화들짝 돌린 덕이다

수장의 혼으로 피웠다는 한 떨기 전설의 섬
또 다른 설렘이 파고만큼 요동친다

뱃고동 소리에 하얀 포말 휘날리며
버선발로 날 반기는 연화 도사

첫눈에 반한 그와
사나흘 뒹굴고 싶은 욕망으로
단숨에 오른 연화봉

용머리 해안에서 가쁜 숨 몰아쉴 때
출렁다리 아래 섬 수국, 축복의 부케였다

은둔의 눈물 괸 연화도 이르러
화장을 지우는 밤

외도로 너울대는 가슴, 나는 지금
전설의 그와 출렁출렁 합방 중이다

몸신이라 불러다오
　— 가마솥


나흘을 싸늘히 몸져누웠으니
닷샛날인 오늘, 화끈하게 불사르리

장터 한 편에 내걸린 나를 두고
못생겼다 두루뭉술하다 수군대지만
열댓 근 돼지고기 쑹덩쑹덩 썬 무 갖은 야채 버
무려
내 몸 가득 채운다면
터질듯한 화력에 사력을 다할 것이야

온몸 달아올라 구수한 냄새로
채소전 어물전 대장간, 호객행위 나서면
흥정에 침 마른 장꾼도 엉덩이 들썩일 수밖에

뜨끈한 국밥 한 뚝배기씩 받아들고
닷새 만의 고단한 삶, 작신작신 녹도록
이 한 몸 기꺼이 바친 나를
몸신이라 불러다오

흑산 홍어


동쪽에 거처를 두고 수백 리 물길 건너왔다

왁자한 파시의 노천 주점에서
남도 사투리 한 점 얹어 처음 맛본 홍어
알싸함에 코가 먼저 운다

바라보다 검게 타버린
검게 타버린 흑산도 아가씨~

애절한 노랫가락 성근 달빛에 녹아들고

홍탁 너댓 잔으로 불콰해진 뭍 할압시들
밤바다 윤슬, 싸이키 조명 삼아
이슥토록 몸을 턴다

―워메 죽이부러야잉

서해도 다 들이킬 기세다

놈, 놈, 놈


기는 놈 위에 올라타는 놈 타는 놈 위에 낚아채
는 놈


백세공원 초입, 향나무 한 그루 휘감고 새팥넝
쿨 기어오른다 애당초 등이나 기대라고 내어 주었
을, 몇 차례 소나기와 뙤약볕 넘나들던 초복 즈음,
서슬 퍼런 그를 올라타려는 또 다른 넝쿨 하나, 그
들을 덮칠 토사자*렸다 양놈 머리카락 같이 노리짱
한, 뿌리도 없는 놈이 올라타 거친 호흡 시작 된다
촘촘한 그물망에 무릎 꿇은 그들, 그놈에게 군침
흘리는 또 한 넝쿨


나이 마흔둘에 꽃봉오리 같은 태국 색시 사들인
개장사 정가 놈, 솥뚜껑 같은 넝쿨손으로 토사자
목덜미 휙 낚아채서, 정력에 좋다며 담금주로 홀짝
홀짝 어둠을 적신다

놈들의 사슬 행각에 이국의 여린 넝쿨 와랑카나,
밤마다 소쩍새처럼 처절히 울어앤다

* 실새삼 삭과의 노란색 기생식물

## 동거

동거와 독거 받침 하나 다를 뿐, 별이 뜨는 것과 달이 지는 일처럼 하늘과 땅 차이. 태양이 제아무리 위대해도 저 홀로 우주일 순 없지. 목성 네도 금성 씨도, 저 변두리 해왕성도 명성을 떨친 명왕성도 이웃해야 은하계 이룰 테지. 빛의 알갱이가 내 몸 드나드는 먼지며 무無이듯, 경계를 허물어야 동거 아닐는지. 하지 앞둔 늦저녁 산책길, 밤하늘 별들도 흩어진 듯 모여 제 이름표 매달고, 달빛과 정답게 동거 중인 이 신비로운 밤!

뜨개질

오늘도
늦을 거란 그
의 통보에 귓전 헛헛
한데 날선 뜨게 바늘 하나
눈에 든다 익숙했던 내 손길 벗어
난지 얼마던가 내 맘처럼 덩그런 화병
받침이나 짜며 긴 밤 엮어 볼까 폭발하
려는 지층 다독이며 한 코 두 코 퇴
석층 쌓아갈 때 모난 마음 둥그렇
게 제 몸을 넓혀간다 쪽문 귀
퉁이 졸음 겨운 깔대기거
미 한 마리도 긴 겨울
밤이 지겨운 지 뜨
개질 한창이다

신혼방


익어야 산다기에
엄동설한 기다려준 그대에게
이 몸 맡기려 합니다

합방 위해 상견례 필수
택일은 손 없는 날
신혼집은 서운암 장독 단지

두근두근 붉은 얼굴
홍매화 치마폭으로 감싸줄 거 같아
삼월 열엿샛날로 잡았네요

겨우내 새끼줄에 묶인 잡티
목욕재계 칠보단장 당신께 들었죠

꾸벅꾸벅 봄 햇살에 졸기도 하고
장맛비엔 투닥거리며

붉으락푸르락 단풍처럼 낯 붉히고
삭풍 겨울 비비고 보듬어

부글부글 끓는 속일랑
불심으로 꾹꾹 눌러
꽁냥꽁냥, 오덕五德으로 맛들어가는
된장독 신방

내부 고발자


언제나 주인 편이었음 좋겠지만
저버려야 할 때가 있더군요
그런 일, 4월 벚꽃 흐드러진
달구벌 대로에서 일어나고 말았네요
떨어진 꽃잎처럼 우르르 구경꾼 몰려오고
내 목덜미 낚아채어
경찰서 보험사, 족히 한나절을 끌고 다니더군요
변명 해명 다그침 무성하지만
숨겨둔 건 드러나게 마련
고화질 고음질 고성능의 내 고자질에
흑흑 백백 바둑판처럼 가려진 사고 현장

미안합니다,
오늘은 주인님이 두 손 싹싹 비벼야겠군요
쌍심지 켜고 귓바퀴 곧추세우는 일이
블랙박스 본분인지라,

문희와 오희


한때 그는 문희였다고
나도 한땐 배우 같았다는 여자의 수작酬酌에
톡톡 쏘던 그가 술술 넘어온다

환갑 지나 반반해봤자라고
진갑 지나 여배우 닮아봤자라는 팽팽한 작주酌酒에
걸쭉한 그도 달달하게 걸려든다

요염한 체액이 관을 타고 내려와
여치 울음처럼 찌르르한 가을밤

늦은 일탈이 가시처럼 걸리고
까르르 소녀웃음 달빛에 너울거린다

오미자축제 왔다가
문희와 오희란 막걸리 이름에 걸려든 두 여자

문경세재 넘나드는 구불구불한 수다에
발그레, 오미자처럼 익어간다

# 할미 벗나무


"아가, 쉬었다 가려무나"
발길 세운 늙은 그녀는

숭숭한 아랫도리 개미집으로 내어주었다
갈라 터진 살갗엔 이끼 앉혀놓고
아득한 옛이야기 들려주느라 뼈 시린 줄 모른 채

사슴벌레 꽃무지애벌레
저승꽃 들락거리며 숨바꼭질 삼매경,
보시란 이런 거라 온몸으로 보여주었다

손아귀 빠져나간 허함 달래려 찾아온 극락암

뒤틀린 몸 박힌 옹이 안간힘으로
한 계절 펼쳐놓고
푸른 눈 짓무르도록 날 기다리신 할무니

때마침 우란분절
허구많은 영가들 반야용선 기다릴 때
힘 들었느냐 울었느냐 젖은 어깨 후후 말려
쉬었다 건너라고 망자도 보듬으신다

돌아서는 발등에 벚잎 하나 툭,
방하착 선물인 줄 내 절로 깨달았다

맏딸


새벽별 이고지고
자맥질 마다 않던

다섯 동생 주린 배
숨비소리로 달랜다

노을 젖은 옷고름
종종걸음 휘날릴 때

구멍 숭숭 망사리엔
저녁별만 가득하다

맏이란 이름으로
해녀 살이 십여 년

검버섯 피고서야
여자로 살아가는,

앵벌이 꽃


일찍이 돈벌이로 파종되어
대한 소한 다 겪고
입춘도 전에 끌어올린
아기 똥색 여린 꽃

산방산 호객꾼으로
제 몸값 치르느라
바들거리는
시린 저 미소

풋내 나는 열셋, 애보기로
팔려가던
육촌 언니 창백한
목덜미를 닮았다

인고의 저 유채꽃
노랑 눈물 뚝뚝

흘리는 까닭을
오늘에야 알았다

꽃문

열두 살 딸 아이
나풀나풀 뒷모습에
다소곳
꽃 한 송이 피어났다

두려워 마라 아이야 붉은 꽃송이
널, 여자라 알리러 온 요정이야

풋사과 같던 네 몸이
장미처럼 벙글어
삼십 수년 피우던
엄마 꽃문 닫히고
너의 몸을 노크하는 거란다

| 4부 |

플라멩코


안달루시아 만월은 말라가 해변으로 기울고

비통인지 환희인지
신들린듯한 동작, 변화무쌍 저 표정
묘하게 나를 흔드는군

바일레* 격렬한 치맛자락에
올리브 농장 노동자들
검은 눈물을 흩날렸다지

절절한 칸테** 노랫소리에 집시들은
시든 몸 적셨다지

달님도 밤바다 잠기어 고요한데
손 박자 발 박자 더욱더 요란하다

상그리아 취기일까, 저 현란한 춤사위에

내 목젖이 뜨거워지는 까닭은

* 무용수
** 가수

# 탈

함 써보소, 화끈하니더
팔백 년 하회탈이 요상시리 건넨다

양반이고 쌍놈이고 간에
마카다 뒤집어쓰고 한바탕 놀아보시더
바람도 구름도 산도 물도 더덩실

허 도령 피 토하여 죽어 나온 이매탈은
하고 잡은 말 다 못하여
아래턱이 니러 앉았니껴?

이 마당 아이고서야 이러키 히푸게
날 풀어 놓은 적 있었니껴,
턱 빠지게 웃어본 적이 있었니껴

탈을 쓰고 나를 벗고
질끈 싸맨 옷고름 허울더울 풀고 나자

삐질삐질 웃음이 나는 기라

빡시기 사니라 가물었던 몸뚱어리
피가 술술 돌더이만
부스스, 마누라도 억수로 이뿐 기라

고스톱 판


6첩 반상 차려졌다
군침 흐르는 눈빛들,
갓 차린 밥상에 따끈한 식욕 돋운다


날치 마냥 성질 급한 미스터 박, 고도리로 첫 술
뜨려다 일타 쌍피에 엎어지고, 3광 거머쥔 이 대리
광박으로 깔린 판돈 갈고리 손으로 쓸어 담는다 틈
새 시장 노리던 약삭빠른 신입 김 군, 염탐꾼에 역
전돼 초파리 발 드리듯 본전만 돌려 달라 두 손 싹
싹 비비고


비정규직 불안을 눈칫밥으로 버티는 세 남자
매운맛 짠맛 떫은맛
이 바닥에 살아있다고
너덜너덜한 혓바닥 내두른다


곤한 오늘을 흔들어 내일에 피박 씌울 때

함바집 어슬렁거리던 길고양이도 훈수랍시고
불 꺼진 입간판 기대어 에옹에옹거린다

# 마비정* 골목


봄은 입을 벙긋거리고

밤사이 도둑비 수혈한 골목이
꿈틀거린다

번지수를 두고 떠난 자리
용달차가 주소 찾아 달려오고
막다른 길 늙은 고욤나무도
가지마다 혈색 돈다

한겨울 삭풍에 찢긴 생채기
노란 꽃으로 덮으려는지
골담초 주둥이 벙긋벙긋 벌어진다
벌 나비 날개짓도 덩달아 부산하다

언제 몸 져 누운 적 있었냐고
담장머리 곱게 틀어 올리고

화전놀이 채비로 저마다 분주하다

* 달성군 화원읍 소재

명자, 명자


남자께나 홀리던 공원 카페 명자씨
예고 없이 들이닥친 그놈에게 덜컥
헤픈 웃음 빼앗기고 병원 신세 졌지

새빨간 입술 너머 여우 바늘 숨긴 명자꽃
주인 없는 담장 아래 넘보는 놈 하나 없이
거무튀튀 늙어갔지

오들오들 긴 겨울 견딘 만큼
붉은 미소 한껏 흘렸건만
역병만 주위를 맴돌던 명자와 명자꽃

신축년 새봄엔 워낭소리 앞세워
잡것들 싹 몰아내고 제대로 홀려보자고
몽글몽글 젖 망울 부풀리고 있지

무궁화


팔다리 다 잘려도
배알만은 쟁여뒀지

찍히고 채여
수두룩한 옹이에도

삼천리 이 강산
꽃피우지 않았더냐

시방도 이놈 저놈
얕보고 흔드는 건

구불구불 금이 간
고놈의 휴전선 때문

온몸 쫙 펴고 우뚝 서 봐
누가 감히 넘볼 텐가

아파보니 알겠더군
허리가 중요한 줄

보랏빛 고해

미처 여미어가지 못한
천사의 치맛자락인가
연보랏빛 실루엣

상오리* 아침 솔숲이
몽환에 빠졌다

응달에 몸 낮춰
흑진주 밀어올린 맥문동
저 꽃대를 보라

앉은자리마다 트집 잡는
내 꽃자리 나무라듯
삼라만상이 성전 같다
알람시계

* 상주시 화북면 소재 맥문동 군락지

개울가에는
꽃샘이 묻어놓은 알람시계가 있다
째각째각 연둣빛 초침소리에
기지개 켜는 버들개지
눈두덩이 잔설, 기운차게 털고 있다
올챙이 꼬리 흔들어
붓꽃 발가락 간지럽히고
게으런 자라 녀석, 비질걸음 목을 뺀다
아랫집 머슴애와 가시버시놀이 즐기던
내 유년의 가천 갯가엔 아직도
봄 알람 울릴까 귀 쫑긋 세워본다

화가


매화 손가락 점점이
분홍 물감 찍어 놓고

데생하러 갯가로 불어가는
파릇파릇 연둣바람

마을 앞 연못엔
흰구름 풀어놓고

머지않아 느티나무 잎
초록 덧칠하겠죠

기생꽃 치맛자락
노을 따라 사라지면

꿀밤나무 숲으로
별을 데려와

화폭 위 은가루
반짝반짝 뿌리겠죠

미투리*


살아생전
신어보지도 못하고…

황천길 서두르는
임 발길 잡고저

까맣게 타는 가슴
한 올 두 올

머리카락으로 삼은
짚신 한 켤레

갈림 없는 지어미 사랑
감출 길 없어

까마득 먼 길
미라로 돌아온 지아비

집실 같은 미투리

구름처럼 신고서…

코스모스


불면의 밤 세다만 별 하나
여기 숨어 있으려나


까만 눈물 훔쳐 주던 샛별
저기 떨어져 있으려나


외로워 옷깃 여밀 때
싸목싸목 날 꼬이던 꼬리별
이곳서 만나려나


수억만 우주별
코스모스 꽃술에 숨어든
별들의 섬 하중도*


노곡섬뜰 그곳에서
가을토록 놀고 지면
내 참으로 좋겠네

* 대구시 북구 금호강 소재

백색소음


동짓달 옹골찬 바람 푸럭푸럭
문풍지 울리고
수리부엉이 허기지게 울던 시절

스물여섯, 청상이 된 고모는
징용 간 지아비에게서 얻은 아들 하나
서방처럼 기대고 살았대

금쪽같은 외아들 혼례 치러
신방들인 그날부터 시작된 백색소음
감춰야할 소리 들추어
두 공간 들락거리는 외눈박이

불빛도 제 몸값 치러야한다고
가난이 뚫어놓은 흙벽 사이로
소음을 켰다 껐다,
임실댁 냉가슴도 얼었다 녹았다 했대

함박눈 가만가만 초가지붕 덮는 밤엔
문풍지 울음도 잦아들고
형광등도 귀를 닫고 벙어린 척 했대

맷돌


눈 깜박할 새
맷돌 두 개가 들려나갔다

질긴 근육질 아삭한 달콤함
신선한 초록

선밥이나 다름없는 것들을
보드랍게 갈아내던 심지 깊은
내 생의 든든한 조력자

모질게 뽑아 올려
내던지는 소리 툭, 툭,

묵은 정 떼려는지
재빨리 또아리 트는 통증

오십 년 지기

내 입안의 동거자

자꾸만 돌아 뵈는
쓰레기통 어금니 두 개

# 네일아트 10번가

세상에서 가장 작은 캔버스
열 개의 손톱에 예술을 입혀요

선택된 자만이 기를 펴는 세상
산뜻한 몇몇 칼라 활개를 쳐요

심취한 예술가 붓꼬리 내려다보며
마음은 이미 신데렐라
유리구두 신고 구름 위 떠다녀요

이상도 하죠
네일아트 10번가 앉아 내민 손끝에
봉숭아꽃 싸매주던 풋사랑
바들거리고
뜬금없이 처마밑 서성이는 마음

첫눈 올 때까지 꽃물 자국 남아있

으면, 첫사랑 만난다는

괜한 속설 때문인지 모르죠

오드리 될 뻔


그녀를 기억하는가
시리우스 같은 눈 심장같이 붉은 입술의,

그녀가 말하네
반짝이는 눈동자는 맑은 영혼에서 온다고
따뜻한 말마디가 입술을 붉게 한다고

뱅헤어*로 동성로 활보할 적, 누군가 날 향해 툭 던지네
"오드리 헵번 닮았다"고

속마음 읽힌 듯 내가 대답했네
"오드리 될 뻔했다"고

한 손은 자신을 위해 쓰고
한 손은 남을 위해 쓰라며
선한 별빛 남긴 헵번이여!

나, 그대처럼 살다가

'오드리 될뻔한 여자'라 묘비명 새기고 싶네

* 햅번이 유행시킨 짧은 앞머리

# 느낌, 혹은 서정 그리기

김동원(시인 · 평론가)

### 프롤로그— 느낌

시는 언어의 문학이자 '느낌'의 시학이다. 서정은 바람의 언어이다. 달빛에 매화 가지가 휘는 것을 보는 시안詩眼, 그것이 시의 빛깔이다. 시는 시인의 몸을 통해 천지간의 느낌을 분위기로 드러낸다. 물의 무늬로 사물의 감정을 크로키 한다. 휘파람새는 직관을 통해 숲의 기미와 기척을 알아챈다. 보이는 세계를 통해 허공의 깊이를 잰다. 이미지는 행과 연 사이에 바장이는 기氣의 그물을 짠다. 절박한 시가 감동을 낳는다. 체험의 상황과 맞물릴 때

시 행간의 의미는 팽창한다. 언어는 바람의 풍화에
도 자신의 지문을 남긴다. 개방성의 언어는 독자
에게 열린 창窓이다. 시는 그 창窓을 통해 안과 밖
의 귀엣말을 한다. 서정시는 개인의 작업이지만 대
중성에 발화할 때 폭발한다. 시는 천지만물의 생사
를 응시하는 사색이다. 세계의 비밀을 감성의 열쇠
로 연다. 시는 문체를 바탕으로 언어의 끌로, 시인
의 내면 깊이를 각刻하는 작업이다. 구체를 통해 추
상으로, 추상을 통해 구체의 세계로 이행한다. 삶
의 재발견은 낯선 느낌을 통해 신선해진다. 평이한
언어로는 현대 사회의 복잡다단한 이미지를 재구
성하는 데 한계가 있다. 다시점多視點을 통해 사물
의 고통을 진실의 세계로 건너 준다. 서정시의 수
사 과잉은 시의 전반을 약화하지만, 주체가 분명할
때 빛난다. 단절과 비약의 극대화는 현대 서정시의
장점이자 약점이다. 좋은 시는 새로움과 그 너머의
세계의 가능성을 확보할 때 깊어진다. 사물은 침묵
하고 시어가 말할 때 멋진 시의 신화가 시작된다.
구름은 형形과 상象을 수시로 변주한다. 하여, 서정
시는 순간의 시학이다. 찰나의 연상이자 상상력의
극치이다. 흘러가는 흰 구름을 붙잡아 행간에 매단

것이, 서정시의 갈피다. 서녘 노을이 번져 붉은 물로 떨어질 때, '서정 그리기'는 시작된다. 그 설레임, 그 호기심, 그 메아리가 시의 느낌이다. ─ 지금 어디에서 창문을 넘어 장미꽃 향기가 허공에 나래 치고 있다. 꼼꼼히 음송하면, 전영귀 시집 『더 깊이 볼 수 있어 다행이야』 속에는, 코끝을 스치는 아름다운 시의 향기가 가득 난다.


풍경, 혹은 인상

시집 『더 깊이 볼 수 있어 다행이야』는, 시어의 연장을 부리는 솜씨가 예민하다. 법고法鼓의 골기를 취해 창신昌新의 새살을 입힌다. 전영귀만의 독창적 무늬와 놀라운 풍경 이미지의 시편들로 빼곡하다. 전통의 날실로 감성의 씨실을 짠, 시 「능소화, 하늘 꽃」은 사백오십 년의 시공을 애절하게 불러낸다. 한때 세상을 떠들썩하게 했던 〈원이 엄마 편지〉(조선 58.5x34cm, 안동대학교 박물관 소장)에서 시적 영감을 받았다. "해와 달 수백 년 돌고 돌아 / 귓불 붉힌 능소화"로 은유 된 '원이 엄마'를 통해, 사랑하는 남편을 먼저 떠나보낸 여인의 슬픔이 행간에 절절切切하다. 「바늘꽃」은 경상도 방언 시의 백미이다. 전 시대 여자들의 맺힌 한恨을 '바늘꽃'을 통해 사투리에 비벼 수준 높게 형상화하였다. 반면 「킬 힐」은 시가 유니크하다. "간택의 눈길"을 애타게 기다리는, 현대 젊은 여자의 상징인 하이힐을 시적 소재로 삼았다. 킬힐이야말로 당시 여자들의 "자존심"이자 각선미였다. 「비밀 한잔」은 시인의 시법이 교묘하다. 방백 형식을 빌려 쓴 이 시는, 이미지를 끌고 가는 행간 장악력이 특출하다. "쉿, 그 안에 제가 있어요"로 시작하는 첫 행은, 얼마나 시적 호기심을 자극하는가. "농익은 몸"과 "짜릿짜릿 당신"은 "흡"에 연결되며, 이런 놀라운 시적 전개 방식은, 시인으로서의 전영귀의 내공을 가늠케 한다. 시집 『더 깊이 볼 수 있어 다행이야』의 또 다른 시선은, '노출' 혹은 '훔쳐보기'이다. 이런 관음의 세계는 문학의 중요한 테제로 활용되었다. 시 「野한 뒷간 이야기」는 "달항아리 홀러덩" 드러내고 다급히 볼일을 보는 여성 화자의 시점이 호기심을 자극한다. 물론 이번 시집 속에는 주제 의식을 다층적으로 내면화한 작품들도 즐비하다. 「몸신이라 불러다오」는 특이

점에 놓인 시로 읽힌다. 타자성의 관점에서 출발한 이 시는, '가마솥'의 시점 전개가 인상적이다. 상황이 언어를 불러내고, 언어가 상황을 끌고 가는 은유의 화법이 묘하다. 언어와 사물이 부딪혀 새로운 이미지로 작동하는 이런 시법은, '사물의 타자화'로 불러도 되겠다. 오일장의 국밥 끓이는 단순한 풍경을, 언어가 지시하는 방향으로 소재들을 유기적으로 움직이게 하는 놀라운 연출력을 발휘한다. 「하회탈」은 기억의 복원술이 뛰어난 작품이다. 사라져가는 안동 유교권의 문화와 예술을 '탈'에 감정 이입하여 통찰과 깊이를 확보하였다. 서정시의 강점은 울림이 큰 언어를 사용한다는 점이다. 그런 관점에서 시집 표제시 「더 깊이 볼 수 있어 다행이야」는 좋은 실례이다.

더 깊이 볼 수 있어 다행이야

췌사는 시의 주적이다. 시인은 '어떻게 시어를 잘 덜어낼지'를 숙고하여야 한다. 이미지의 범람은 시의 정신을 해친다. 적확한 비유는 얼마나 시를 미끈하게 하는가. 제때 제 자리에 잘 앉은 시어

는 보기만 해도 좋다. 말의 유사성은 정밀하게 연
결될 때 의미가 돌올하다. 파편화된 추상적 시어
나열은 모호성보다도 더 위험하다. 「더 깊이 볼 수
있어 다행이야」는 '안' 의 관점에서 '밖' 의 이미지
를 세밀히 응시한 수작이다. 설의법의 첫 행은 중
의성을 내포한다. 이런 다겹의 시법은 행간의 의미
를 깊게 판다. 언어를 통해 언어 이전의 음영陰影을
동시에 드러낸다. 시작詩作에 있어 문답법은 '대상'
과 '주체' 의 심리적 거리를 심화한다. "왜바람 홀로
버티어"선 남편의 고단은, '홀로' 와 '버티다' 사이에
서 큰 울림으로 다가선다.

왜바람 홀로 버티어 서있었군요

ㅡ식솔들 밥그릇 무던히도 찍던 발이 몹시 부었네요
이참에 쉬어가요
ㅡ목련꽃 숨죽일 때마다, 힘든 기억 하나 둘
떨구어 내는 것도 좋겠어요

입술을 감추니 눈동자가 말을 하네요

우물에 잠긴 산 그림자처럼

서로의 수심愁心을 살피라고
보이지 않는 미물이 귀띔해 주네요

안도 밖도 의미가 된다는 걸
단단한 벽에 갇혀서야 알게 되네요
　　　—전영귀, 「더 깊이 볼 수 있어 다행이야」 전문

　어떤 면에서 「더 깊이 볼 수 있어 다행이야」는 견딤의 시이자 외로움의 공간이다. 밥 한술 뜨고 새벽 일터로 나가는 남편을 바라보는 아내의 마음은, 무척 복합적일 것이다. "식솔들 밥그릇 무던히도 찍던 발이 몹시" 부은 가장家長의 은유는, 폐부를 찌른다. 밥의 해결은 인간의 숙명이다. 이 시의 계단을 더 깊이 내려가 보면, 남자의 근원적 '외로움'이 웅크리고 있다. 밤낮없이 식솔들의 밥을 찾아 헤매는 슬픈 가장의 음영을, 아내의 독백을 통해 엿듣게 된다. 누구에게도 말할 수 없는 가장의 속내를, 화자는 "눈동자가 말"을 한다는 놀라운 통찰의 시구로 형상화하였다. 그렇겠다. 아내만이 "우물에 잠긴 산 그림자처럼" 흔들리는, 남편의 외로운 수심愁心을 이해할는지도 모른다.

사투리

전영귀의 이번 시편 속에는 몇 편의 사투리(방
언) 시가 보인다. 사투리는 한국문학에서도 굉장히
중요한 자리를 차지하였다. 소월과 백석의 북방 사
투리, 영랑과 서정주의 전라도 사투리, 이문구, 이
정록의 충청도 사투리, 김광협의 제주 사투리는 계
보가 만만치 않다. 특히 경상도 사투리는 박목월
을 필두로, 정숙, 상희구, 박진형의 시집 속에서 다
채롭게 변주되었다. 사투리는 어머니의 말이자, 가
장 따뜻한 모국어이다. 그 지방의 산색山色과 지형
을 닮았다. 하여, 저마다 독특한 표정을 짓는다. 사
투리는 육화된 언어이다. 시 속의 사투리는 행간의
생기를 불어넣는다. 특히 종결어는 감각적이다. 사
물 간의 섬세한 느낌을 감칠맛 나게 한다. 사투리
의 고저장단의 음색은 말맛의 백미이다. "사물의
근본에 닿아있어서 삶을 더 환히 비춰 준다"(문무
학) 그 중 「바늘꽃」은, 시인의 고향 성주를 포함한
경상도 북부 사투리의 흔적을 띤다.

  -내사마 바늘 한 쌈만 있으모 소워이 엄겠따

뾰족한 할매 말투 한 땀 한 땀 귓전 찌른다

－이러키 뚜꺼분 놈을 무신 수로 당하노

시오릿길 천창 장을 땀 뻘뻘 걸어서

묵 한 그릇 못 자시고 사 온 대바늘 두 개

고리땡 광목 소똥에 찌든 군복 바지에

얄짤없이 부러져 패댕이 치는 말

－보들 야들 명주 속곳 언제 한번 꼬매보노

미안한 울 아배 할매 산소 옆에다

원 없이 쓰시라고 심어 놓은 바늘꽃

하늘하늘 하늘나라서 웃음꽃 만발이다
　　　—전영귀, 「바늘꽃」 전문

　그 시절엔 바늘 한 쌈도 없는 집이 수두룩하였

다. 시 「바늘꽃」은 근대 한국 농촌의 가난한 흑백 풍경 사진을 보는 것 같다. "울 아배 할매 산소 옆에다 / 원 없이 쓰시라고 심어 놓은" 바늘꽃은 눈물겹다. 가난한 할매는 툭하면 아들 들으라고, "뾰족한" 말을 내뱉는다. "내사마 바늘 한 쌈만 있으모 소원이 엄겠따" 그 말 들은 착한 아들, "시오릿길 천창 장을 땀 뻘뻘 걸어서" 먹고 싶은 묵 한 그릇도 꾹 참고, 대바늘 두 개를 사다 준다. 하지만 "고리땡 광목 소똥에 찌든 군복 바지"가 너무 두꺼워 바늘은 댕강 부러지고 만다. "얄짤없이" 대바늘을 "패댕이"치며 하는 할매의 다음 말은, 사투리가 아니면 못 볼 고도로 함축된 은유적 표현이다. "-이러키 뚜꺼분 놈을 무신 수로 당하노" 그렇다. "보들 야들 명주 속곳 언제 한번 꼬매보노"와 더불어, 참 할매의 말투가 얄라궂다. 하여, 시 「바늘꽃」은 시작詩作에 있어 어투가 얼마나 시의 맛을 내는지를 증거 한다. 이 시는 경상도 방언 시의 꼭두이자, 전 시대 여자들의 맺힌 한恨을 '바늘꽃'을 통해 사투리에 비벼 수준 높게 형상화하였다.


방백aside, 혹은 메타포metaphor

"방백(傍白, aside)과 독백(獨白, monologue)은 자주 혼동된다. 무대에서 배우가 혼자서 말하는 경우가 독백이다. 방백은 곁에 사람을 두고도 홀로 하는 말이다. 이때 곁에 사람이 그 말을 알아듣지 못하는 경우에 방백의 효과는 살아난다. 즉 방백은 관객을 향한 말이다. 독백이나 방백이나 일종의 연극적 약속인 셈이다. 관객은 방백을 통해서 어떤 정보, 예측, 기대심리를 갖게 되고, 연극의 발전에 기여하게 된다. 로마 시대부터 이 방백이 발달했다. 19세기 말기 자연주의 연극에 이르러 방백은 자연스럽지 못한, 즉 사실적이고 자연과학적인 아닌 언어 행위로 간주되어 사용하지 않게 되었다. 그러나 작품에 따라서, 무대적인 필요에 따라 현대극에서도 방백이 사용되고 있다.(서연호)" 전영귀의 「비밀 한잔」은 마치, 무대 위에서 관객(독자)들을 향해 혼자 중얼거리는 방백처럼 들린다.

쉿, 그 안에 제가 있어요

처진 어깨 노을 한 자락 얹어
내게로 와요, 여기는 비밀 요정

남정네 눈길 한번 받아본 적 없는
순결한 아가씨
금남의 집, 그 끔찍한 구속에서
농익은 몸이랍니다

그대를 위해 오늘만은
화끈하게 발효된 나를 내어드릴게요
짜릿짜릿 당신께 스며들게요

시들시들 지친 하루 생기 돋우고
메마른 가슴 폭포수처럼 흘러들
내 이름은 홉*

오늘 밤 은밀히
카스 한 잔 어때요?
　　　　—전영귀, 「비밀 한잔」 전문


"쉿, 그 안에 제가 있어요" 이 첫 행이야말로 「비
밀 한잔」의 묘귀妙句이다. 이 시는, 이미지를 끌고
가는 행간 묘사력이 특출하다. "처진 어깨"에 "노을
한 자락"을 얹는다는 시적 표현과 함께, 기존 서정
시에서 한 발짝 깊이 치고 들어간 형상화이다. 그

121

리고 시인이 의도하였건 하지 않았건 "내게로 와요."의 양행걸침은, 행간의 탄력을 주었다. 「비밀 한잔」의 또 다른 매력은 '시적 호기심과 메타포 metaphor'이다. 화자는 "비밀 요정"이란 말로 시상 의미를 전환한다. 은유는 무언가 숨겨진 비밀을 캐내고 싶은 강렬한 호기심을 촉발한다. 남자의 눈길을 한 번도 받아본 적 없는 "아가씨"의 등장은 에로틱하다. 그 관능의 이미지는 "금남의 집", "농익은 몸"을 거쳐, 오늘 밤 "화끈하게 발효된 나를 내어드릴게요"로 연결된다. 물론 이런 에로스적 상상은 "짜릿짜릿 당신(홉)께" 스며 들면서 절정에 닿는다. 이런 놀라운 반전은 "오늘 밤 은밀히 카스 한잔 어때요?"를 통해, 전영귀의 시적 '내공'의 깊이를 엿볼 수 있다.

훔쳐보기

관음증 VOYEURISM은 자아와 타자 사이 성적 충동과 순수한 호기심, 혹은 병적 집착으로 번진다. 쾌락적 리비도는 예술 작품, 특히 영화, 미술, 시에서 집중적으로 다뤄지고 있다. 이런 주제는 상징적 표현으로 은밀하게 숨겨진다. 프로이트에 따르면 관음증적 경향은 성기를 보고 싶어하는 인간의 본능이다. 물론 자신의 성기가 보여지기를 바라는 변형으로 드러나기도 한다. 도착적 관음증은 예술적 '표현의 자유'를 넘나들며, 사회의 논쟁점으로 비화 되기도 한다. 관음觀淫은 에로티시즘과 불가분의 관계를 맺는다. 남녀간의 사랑이나 관능적 사랑의 이미지를, 시인들은 의식적·무의식적으로 작품 속에서 암시한다. 현대 사회에서 성욕을 상품화한 '포르노'는 부정적 인식을 남겼지만, 인간의 쾌락은 인생을 풍요롭게 자극하는 긍정적 측면이 강하다. 전영귀의 「野한 뒷간 이야기」는 육감의 '감춤과 드러냄' 사이쯤에 놓인다.

한나절 묵혀둔 찌릿한 압박에, 낮도깨비 성성한 뿔 깜박 잊고 가림 숲에 풀썩 들었어

달항아리 홀러덩 드러내어 가둬 둔 물꼬 트니, 배틀걸음 개미 행렬 물길 속 노 저었지

가문 논에 물댄 듯 야릇한 쾌감, 후희後喜 추스르는 다홍빛 치맛자락에 좋아라 달라붙는 도깨비바늘, 홍분

이란 꽃말 괜한 뜻 아니었어

볼 거 안 볼 거 다 본 사이라며 아랫도리 콕콕 찔러대고, 떼 낼수록 집요한 구애, 화끈거리는 내 얼굴

가랑이 사이로 뒤집혀 보이는 노을 엉덩이도, 벌겋게 달아오르고 있었어
　　　—전영귀, 「野한 뒷간 이야기」 전문

시적 묘사描寫description는 서사에서 주로 빛을 발한다. 「野한 뒷간 이야기」는 '시가 태어난' 상황과 장소에 대한 감각적 풍경 묘사가 디테일하다. 이 시적 상황은 여성의 '급한 볼일'에서 촉발한다. 장소는 강원도 죽서루 곁의 아름다운 "가람숲"이다. 이 숲에 뛰어들어 "달항아리 훌러덩 드러내고" 가둬 둔 물을 방뇨하는 장면은 관능적이다. 마치 영화 속 줌zoom으로 끌어당긴 한 장면처럼, 숲이란 공간 안에서 벌어지는 사건을 독자에게 '은밀'하게 보여준다. 오줌에 노를 저어가는 "개미 행렬"의 "배틀걸음"은 뛰어난 극사실의 묘사이다. 물살에 떠 몸을 가누지 못하고 휩쓸려 가는 개미들을 떠올리면, 해학적이기까지 하다. 물론 "가문 논에 물댄 듯" 화자의 기분은 "야릇한 쾌감"이다. 시 「野한 뒷

간 이야기」의 기막힌 시어는, "후희後喜"라는 한자어가 주는 묘한 뉘앙스이다. 이 시구는 "다홍빛 치맛자락에 좋아라 달라붙"은 "도깨비바늘"과 겹쳐, 괜히 읽는 이에게 낯뜨거운 '흥분'을 일으킨다. "볼 거 안 볼 거 다 본 사이"인 도깨비바늘은, 관음觀淫의 창娼이자 에로티시즘의 주체이다. "가랑이 사이로 뒤집혀 보이는 노을 엉덩이도," 볼 만한 환유이지만, "벌겋게 달아오르고" 있는 여인의 유혹적 은유는, 전영귀만의 발칙한 시세계를 열었다.


에필로그 ─ 질문

시는 시인마다 독자마다 천 개의 물음과 해답이 존재한다. 언어의 직조 능력과 그것을 구성하는 방식은 개인의 능력이자 취향의 차이다. '어떤 시가 더 좋은 시'냐고 묻는 것은, '어떤 삶이 더 나은 삶인가'라고 묻는 것만큼, 우문愚問이다. 모든 삶이 다 소중하듯, 모든 시가 다 귀하다. 작품의 해독 능력은 각자의 수준과 깊이에 따라 천차만별이다. 시작詩作을 하다 보면, 문득 '시란 무엇인가? 왜 시를 쓰는가? 시는 정말 존재하는가?'란 근본적 질문에 맞닥뜨린다. 시는 정체성에 대한 '자신을 향한 질문의 방식'이기 때문이다. '사랑에 대해, 이별에 대해, 죽음에 대해……' 혹은 '의미와 무의미'에 대해, 끊임없이 묻는 고독한 작업이다.

전영귀 역시 「오드리 될 뻔」에서 그녀의 정체성에 대해 답하고 있다. 시집 『더 깊이 볼 수 있어 다행이야』를 통독하면서, 왜 그녀가 이 시를 시집 맨 끝에 놓았을까를 오랫동안 사색해 보았다. 그것은 "한 손은 자신을 위해 쓰고 / 한 손은 남을 위해 쓰"기를 소망하기 때문이리라. 그리고 생이 끝나는 날에 "나, 그대처럼 살다가 / '오드리 될뻔한 여자' 라 묘비명"에 새기고 싶기 때문이리라. 정말 그녀는 오드리 헵번을 닮았다. 가까이에서 심성을 알아가는 동안 그녀가 '이웃에 대해, 사회에 대해' 특히 '약자와 코시안에 대해' 따뜻한 시선을 가졌음을 목격하였다. 물론 꽃꽂이 등 다양한 취미활동도 활발히 펼치고 산다.

지금까지 전영귀가 보여준 시의 주제와 몇 가지 방법론에 대해 탐색해 보았다. 기억의 복원과 현대적 이미지의 변용, 가난과 모성에 대한 끝없는 민

음, 탁월한 감각적 이미지와 정체성 찾기는, 시인으로서 가치 있는 덕목이 아닐 수 없다. 무엇보다 시 공부에 대한 꾸준한 열정은 높이 살 만하다. 한편 시집 『더 깊이 볼 수 있어 다행이야』속엔, 미처 살피지 못한 주옥같은 작품들도 묻혀 있다. 「꼬리」는 추상의 말들이 어떻게 '소문'으로 돌고 돌다, 끝내 타인에게 '흉터'가 되는지를 실감 나게 그렸다. 시 「뜨개질」은 기존 시의 형식을 파괴하여 달항아리 모양으로 구성하였다. 이런 언어 집자 놀이는 인간이야말로 '유희의 동물'임을 새삼 증거 한다. 「달뜬 미용실」은 대자연을 '미용실'로 본 시각이 기발하다. 봄날 산수유가 '노랑 브릿지'를 하는 장면은 신선하다. 시 「젖 고개」는 시인이 산문시의 가능성을 탐색한 작품이다. 난산의 어미가 고통 속에서 살아나온 슬픈 가족사의 기록은 아프다. 좋은 시는 이렇듯 시인의 육화된 고통의 소리가 들린다. 하여, 전영귀의 첫 시집은 '느낌, 혹은 서정 그리기'로 규정된다. 그리고 우리는 벌써, 다음번 그녀의 시집이 무척 궁금해진다.

**反詩시인선014**
더 깊이 볼 수 있어 다행이야

2021년 7월 31일 초판 1쇄

지은이 | 전영귀
펴낸이 | 강현국
펴낸곳 | 도서출판 시와반시

등록 | 2011년 10월 21일 (제25100-2011-000034호)
주소 | 대구광역시 수성구 지산로 14길 83, 101-2408호
대표전화 | 053)654-0027
팩스 | 053)622-0377
E-mail | khguk92@hanmail.net

ISBN 978-89-8345-119-4 03800